D0721105

Madame
SAGE

Collection MADAME

Mr. Men Little Miss

Madame
SAGE

Roger Hargreaves

HACHETTE
Jeunesse

Madame Sage était sage comme une image.

Et même dix.

Sage et raisonnable comme elle était,
chaque jour, elle se lavait les dents.

Chaque jour, elle faisait son lit.

Chaque jour, elle rangeait sa maison.

Chaque jour encore,
elle faisait mille autres choses
sages et raisonnables.

Si tu es aussi sage que madame Sage,
tu sais certainement lesquelles.

Chaque jour,
madame Sage faisait aussi une promenade.

Une promenade ni trop longue, ni trop courte.

Une promenade sagement raisonnable.

Ou raisonnablement sage, si tu préfères.

Durant ses promenades,
madame Sage rencontrait des gens.

Des gens pas tellement sages.

Et même parfois pas sages du tout.

Lundi dernier, par exemple,
elle a rencontré madame Canaille.

— Sautez donc avec moi dans cette flaque d'eau !
a crié madame Canaille
avec un sourire canaille.

Mais madame Sage,
sage comme elle l'était,
a refusé.

Elle ne voulait pas se mouiller les pieds.

Mardi dernier, par exemple,
elle a rencontré madame Dodue.

— Mangez donc ce biscuit,
lui a dit madame Dodue
en lui tendant un énorme gâteau.

Mais madame Sage a refusé.

Elle ne voulait pas avoir une indigestion.

Mercredi dernier, par exemple,
madame Sage a refusé de monter
dans le bolide de monsieur Rapide.

Elle ne voulait pas avoir un accident.

Jeudi dernier, par exemple,
elle a refusé d'entrer chez monsieur Sale.

– Chez lui, je risque de me salir,
s'est-elle dit.

Mais elle ne l'a pas dit tout haut.

Elle ne voulait pas vexer monsieur Sale.

Vendredi dernier, par exemple,
elle a refusé de jouer au tennis
avec monsieur Étonnant.

Ce qui n'a rien d'étonnant,
n'est-ce pas?

Samedi, madame Sage n'avait pas l'air gai.

– Si je continue à tout refuser, pensait-elle,
les gens vont se vexer
et ils ne vont plus m'aimer.

Elle a réfléchi longuement au problème,
puis elle a pris une grande décision :

– Désormais je dirai oui à tout le monde.

Le dimanche,
pendant sa promenade sagement raisonnable,
ou raisonnablement sage, si tu préfères,
madame Sage a rencontré monsieur Farceur.

— Acceptez donc ce petit cadeau, lui a-t-il dit.

— N..., a commencé madame Sage.

Puis elle s'est souvenue de sa grande décision.

— Oui, oui, oui! a-t-elle crié.

Elle a pris le paquet.

Puis monsieur Farceur
est parti sans le paquet,
mais avec un drôle de sourire.

Madame Sage a ouvert le paquet.

Et toute la journée,
elle a éternué, éternué, éternué.

Elle a mouillé 199 mouchoirs.

Évidemment, le cadeau de monsieur Farceur
était de la poudre à éternuer.

Aujourd'hui lundi, madame Sage n'éternue plus.

Pendant sa promenade sagement raisonnable,
ou raisonnablement sage, si tu préfères,
elle rencontre monsieur Bizarre.

— Montez donc dans mon avion! lui dit-il.

— N..., commence à dire madame Sage.

Puis elle s'arrête net et s'écrie :

— Oh, oui! Avec grand plaisir!

Tu crois qu'elle n'est pas raisonnable,
n'est-ce pas?

Eh bien, pas du tout. Devine pourquoi.

Parce que l'avion de monsieur Bizarre
n'a ni carlingue, ni ailes, ni réacteurs.

C'est un tapis brosse.

A-t-on idée!

RÉUNIS VITE LA COLLECTION ENTIÈRE
DE **MONSIEUR MADAME...**

... UNE FRISE-SURPRISE APPARAÎTRA !

Conception et réalisation : Viviane Cohen
avec la collaboration d'Évelyne Lallemand pour le texte
Colette David et l'Atelier Philippe Harchy pour les illustrations
Dépôt légal n° 66151 - décembre 2005
22.33.4824.01/3 - ISBN : 2.01.224824.1
Loi n° 49-956 du 16 juillet 1949 sur les publications destinées à la jeunesse.
Imprimé et relié en France par I.M.E.